슬픔은 오랜 시간 건조된 땅콩처럼 부서져 내리고

**세움북스**는 기독교 가치관으로 교회와 성도를 건강하게 세우는 바른 책을 만들어 갑니다.


**차빛나 시선(視線)집**

슬픔은 오랜 시간 건조된 땅콩처럼 부서져 내리고

**초판 1쇄 인쇄**  2024년 10월 20일
**초판 1쇄 발행**  2024년 10월 26일

**지 은 이** | 차빛나
**표지사진** | 이영표 (YP Lee)

**펴낸이** | 강인구
**펴낸곳** | 세움북스
**등  록** | 제2014-000144호
**주  소** | 서울시 종로구 대학로 19 한국기독교회관 1010호
**전  화** | 02-3144-3500
**이메일** | holy-77@daum.net

**디자인** | 참디자인

**ISBN** 979-11-93996-22-5  (03810)

차빛나 시선(視線)집

# 슬픔은 오랜 시간 건조된
# 땅콩처럼 부서져 내리고

차빛나 지음

세움북스

# 머리말

안녕하세요. 꽤 오랜 시간 써 왔던 시들을 모아서 첫 시집을 출간하게 되었습니다. 이 모든 기회와 시간을 주신 하나님께 감사합니다.

20년이 넘는 시간이 담긴 이 시들을 세상에 꺼내 놓는 것은 저에게 큰 용기가 필요한 일이기도 했습니다. 여러 상황과 감정들 속에서 늘 저를 잡아 주었던 것은 이렇게 기도하듯 시를 쓰는 일들이었습니다. 저를 잡아 주고 위로해 주었던 순간의 기도들이 이 글을 만나게 되는 분들에게도 크고 작은 힘이 되면 좋겠습니다.

이 시집의 차례는 한 알의 콩이 성장해 가는 과정으로 전개됩니다. 작은 콩의 씨앗 속에는 무궁무진한 세계가 담겨 있지만 스스로도 모른 채로 땅 아래 심겨 있습니다. 아무 소리도 없는 캄캄한 땅속에서 여러 시간을 보낸 콩은 하늘의 빛과 비와 바람을 맞으며 싹이 움트고 꽃도 피면서 결국에는 열매를 맺고 맙니다.

이 모든 과정을 겪는 분들을 이 시집으로 만나고 싶습니다.

차빛나 드림

# 차례

# 1

## 콩의 태초

# 태초의 노래

세상은 우리의 몸
곳곳에 숨겨진 엄마들의 기도가
온몸의 형태로 드러날 때
우리들의 길은 갈 곳을 알아
아주 작은 바람들이
서로의 살림에 눈길을 주고
따뜻한 빛으로 비추면
나에게서 태어난
서툰 관심이
너에게로 걸어가
성숙한 노인이 된다
때때로 그것은 사랑이라 불린다
죽고 싶을 때면 죽고 싶다 말해줘
추운 시간 속에 있다면
이 온 세상이 너를 만난 건
큰 축복이야
그렇게 태초의 노래가 열린다
세상은 너의 몸

# 콩의 세계

콩 속에는 빛이 있다
그곳은 따뜻하고 온화하다
조그맣고 동그란 지구처럼 사랑스럽다
어여쁜 가능성을 안고서 숨어있지
맑은 눈을 갖고 말았지 꿈이 있어서
기어코 순수하고 말았지
슬퍼서 운다
기뻐서 춤을 춘다
그늘과 눈물을 울음과 섞어 등으로 말아
최대한 동그랗게 굴러간다
캄캄한 길을 넘어 너의 마음에 다랗나

# 슬픔은 오랜 시간 건조된 땅콩처럼 부서져 내리고

별이 정렬한다
너가 날 사랑하게 되는 일
슬픔은 오랜시간 건조된 땅콩처럼
부서져 내리고
마침내 따뜻한 봄바람 맞네
기분이 좋아
나른하게 떨어지는 바람
옷 끝에서 살랑이네

아, 이렇게 행복할지 몰라서
그대가 올지 몰라서
차마 부르지 못했던
너의 이름을 입가에 잔뜩 묻히고
얼마나 그리웠나
나는 너를
오렌지빛 향기가 껍질 채 두둥실 떠니고
우리가 포개어 맞추어지는 날
사랑이라 불려질 오늘날

별이 정렬한다
오랜 겨울에게 입맞춤하니
포근하게
맨발로 맞이하는 봄

# 태초의 춤

모든 것은 춤이었다 세상이 세상이라고 불리기 전, 태초에 태초라
는 이름이 붙여지기 전 모든 것은 끊임없이 춤을 추듯 둥글렀다 내
가 엄마의 배 속에서 잠을 잘 때 모든 것은 하나였다 그 둥근 태양에
연결된 탯줄을 끊자 나는 울음을 터뜨렸다 태어나 걸음마를 시작하
고 어느새 자라 너와 보폭을 맞춰 함께 걷는 법을 배웠을 때 그 둥근
선을 조금 맛보았다 동네 슈퍼에 가서 새콤달콤을 하나 사서 나누어
먹을 때 천국을 반띵 하였다 어느 날 죽고 싶었을 때 짐승처럼 울었
을 때 너는 나를 아무말 없이 안아주었다 그때 나는 춤을 느꼈다 둥
글게 둥글게 피어나는 사랑이라는 동그라미를 그렸다 연결을 느꼈
다 우리의 얼굴들은 태초를 이미 알고 있었다

# 사랑하게 해주세요

사랑하게 해주세요
나에게 준 사랑처럼
나도 당신을 사랑하게 해주세요
달이 태양을 사랑하듯이
물고기가 바다를 사랑하듯이
나비가 꽃을 사랑하듯이
엄마가 아이를 사랑하듯이
나 당신을 사랑하게 해주세요
너무 받은 게 많아서 죄송한걸요
너무 드린 게 없어서 죄송한걸요
나 당신께 드릴 것 이 마음밖에 없는데
드릴 마음이 너무 부족해서
나 당신께 드릴 것 이 사랑밖에 없는데
사랑조차 부족해서 오늘도 고민에 빠져요
나 당신을 사랑하게 해주세요
지금보다 더 앞으로도 더 많이
사랑하게 해주세요

# 은빛 연어

어느샌가
엄마의 눈에서 붉은 꽃이 피었다
내 눈에서 피었던 꽃이
엄마의 눈에서 붉게 퍼져 피었다

신기하다
붉은 꽃은 이내 곧 투명한 은빛 연어로
엄마 눈에서 아래로 헤엄쳐 흐른다
끝없는 은빛 연어의 길고 긴 행렬

어느샌가
은빛 연어들은 내 가슴에서 가득하다
죽지 않고 영원히 가득하다
한 마리도 떨어지지 않게 가슴을 꼭 움켜쥐었다

신기하다
엄마와 나의 가슴이 맞닿았을 때
은빛 연어들은 내 가슴에서 엄마 가슴으로,
엄마 가슴에서 내 가슴으로 헤엄쳐 흘렀다

# 바람이 불면

바람이 불면
시든 꽃의 마음을 채우고
엉킨 고통을 토하고

그 바람이 불어오면
폐허가 된 빈집이
살아서 호흡하고

모든 어두움이
거미줄과 함께 엎드러져 죽는다

그래, 그 바람이 또 불어오면
소극적인 민들레가
사랑 담은 씨앗을
혼신 다해 흩뿌리고

씨앗 속에 놀라운 비밀
그토록 눈부신 생명이
온 대지 위에 뿌리내린다

# 사랑은 바람 같아서

사랑은 바람 같아서
나무들 사이를 빈자리 없이 채우고
숲을 이루고

스스로를 가볍게 한 채로
어디든 달려가
새로운 것으로 숨 쉬게 해

사랑은 바람과 같아서
상관 없는 것들로 서로를 알게 하고
함께 울고 웃으며 춤추게 해

한곳에 머물지 않고
언제나 옆으로 거처를 옮기고
모든 곳에 존재해

바람은 마치 사랑 같아서
주어진 모든 것 힘겨워
귀를 막고 눈을 감아도

사라지지 않고 불어와
끝나지 않는 사랑 되어

24   슬픔은 오랜 시간 건조된 땅콩처럼 부서져 내리고

## 그대의 시선

내가 바다를 감추고
가냘픈 한 줄기 시냇물을 내보이면
그대는
광할한 바다를 볼 수 있다

내가 산을 감추고
말라버린 소나무를 내보이면
그대는
거대한 산을 볼 수 있다

그대에겐
가냘픈 한 줄기 시냇물과
광할한 바다가 같고
말라버린 소나무와
거대한 산이 같기 때문입니다

# 물고기

물고기야
나는 너를 보고
너는 나를 느낀다

내가 보는 만큼
너를 느낄 때
너는 나를 무한히 느낀다

가끔 '본다'라는 것은
틀을 그림과 같다

경험과 편견은
본다는 순간 빛의 속도로
느끼는 영역의 크기를 잰다

시야만큼의 넓이다
물고기야 너는 눈부시다

나에게도
마음으로 보는 법을 알려줄래

바다보다도 넓고 우주보다도 큰
시야

# 물과 기름

당신은 무한해요
그리고 나는 유한해요
내가 당신을 느낄 때
물과 기름처럼
섞이지 않을 때
나는 울었어요
목이 쉴 때까지
그게 다행이란 걸 알기 전까지
나는 말했어요
고맙다고
당신이 전능할 때
나는 무력했음을
내가 전능할 때
당신은 선택적 무능함으로
나를 도왔음을
그렇게 평화를 지켰음을
나는 행복했고 불행했어요
당신이 존재하고
부재했기에

# 금빛 날개

금빛 날개를 접지 마
대지 위에 내린
수억 개의 별들은
모두 너에게서 왔고
너는 단 하나뿐인 목소리

무지개를 보고 있을까
바다를 건너
날아가 닿을 그곳은
울고 있던 한 소녀와 소년에게
꿈을 전해주곤 해

네가 가는 곳은 천국이 될 거야
가장 어두운 시간을 통과할 때
펼쳐지는 두 날개
선명해지는 목소리

회전하는 그림자는
빛의 얼굴을 선물하지

32   슬픔은 오랜 시간 건조된 땅콩처럼 부서져 내리고

# 피투성이

모든 곳에 존재하는
당신의 눈빛은 나를 꿰뚫어
어제와 오늘과 내일이 불어오네
우두커니 서면
순간은 나를 흔들어 깨우고
영원 속에 머무네
진실은 흙 아래 숨어 있지만
진리는 도무지 숨겨지지 않아
앞장과 뒷장이 하나가 되고
죽음과 삶이 뒤엉켜 하나가 되고
고통을 옷 입은 사랑이 불어오네
아아 당신이였군요
길게 손을 뻗어 만지면
그래 왠지 익숙하더라
나 어릴 적부터 알았던
그 얼굴선을 기억해요
피투성이
우리의 언어가 합쳐질 때
영원한 안식에 들어가요

# 하나, 둘, 셋

점 하나
나는 너를 보고
점 둘
너는 나를 본다
우리 손 잡으면
선 하나
느껴지는 온도는 푸른 라벤더
나는 너에게 포갠다
면 하나
너는 나에게 포개인다
면 둘
섞일 때, 우리가 붙여질 때
입체 하나
우리만의 붉은 방
속삭인다 너에게 나의 모습이
나에게 너의 모습이
우주 하나

## 너의 위로를 닮은 맛

빛이 굴러간다
쪼르르 쪼르르 소리를 낸다
새소리 같기도 하고
나는 한 움큼을 쥐어 집어 먹었다
배 속이 따뜻해진다
어젯밤부터 허했던
한 평 크기의 작은 마음이 온기로 가득 찬다
그저께 용기를 내어 내게 전하던
따뜻한 너의 위로를 닮은 맛이 난다

# 2

## 흑암

태초에 열린 수문은 밤늦은 시간까지 흘러들어와
모두가 잠든 깜깜한 겨울에도
아프고 기울어진 상실한 마음에도
메마른 땅 아래 지하 끝까지 흐른다

# 야윈 눈물을 살찌우는

세상의 모든 어둠들이 꺼지고
당신의 눈 속의 별빛마저 꺼질 때
또다시, 갓 태어날 빛의 소리를 들어요

세상에서 가장 소박하고 작은
야윈 눈물을 살찌우는 어머니의 기도와
시리고 추운 이름들을 위한 포옹이
어둠마저 잠든 이 시간에
은은히 은은히 고요히

# 야생

너에게는 야생의 냄새가 났다
작고 귀여운 우산을 알지 못해서
하늘의 빗물이 가득 고인 너는
몸을 털지 않고
태양에게 말하고 말렸다

너는 어둠을 가리거나 지우지 않아
그건 아마 빛에 대한 예의려나
사랑은 배우는 게 아니라
느끼는 거야
너는 터벅터벅 걸어갔다

슬픔은 오랜 시간 건조된 땅콩처럼 부서져 내리고

# 물에 뿌린 밥알 삼키듯

너의 그 파랗게 질린 얼굴을
감출 필요가 없는 시간이 온다
너의 공포와 두려운 밤들을 드러내놓고
벌거벗은 몸으로
마음껏 춤을 출 수 있는 시간이 온다
수없는 눈물들이 마지막 잔이 되어
기쁨으로 마시는 시간이 온다
나는 희망한다
우리의 오래된 허무를 마셔도
물에 뿌린 밥알을 삼키듯 부드럽기를
그것은 어떤 농부의 손길처럼 애정어리기를
나는 노래한다
우리를 위해
이 검은 깃발을 든다
오늘 이 한 장에 쓴다

## 그을린 화음

예쁘게 물들어가는 하늘 속
숨어있던 서늘한 바람이
내 목을 조르며
'죽어'라고 말했다
육신의 힘이 발끝까지 빠진 채로
절망 끝에 대롱대롱 매달렸다
귀여운 참새들이 어깨로 날아와
온종일 재잘거렸다
입 모아 맞춘
달콤하게 그을린 화음이었다
더 깊게 타들어가는 메마름이었다
고통이 깊어질 때쯤
모두가 떠난 뒷자리에
맨발로 뛰어온 신은
흙 묻은 모습으로
아무 말 없이 나를 안았다
짙은 마구간 냄새가 내 온몸에 배였다
길고 예쁜 노래였다
고요하게 매듭진 사랑처럼
밤새 아른거렸다

# 바람의 어린시절

바람은
어린 시절처럼 맑기도 하지
추운 겨울 속에도 포근함으로 불어온다

오늘 내게 가슴 뛰는 일들
묻어두고 주저했음을
후회 않도록 걸어가야지

혹시나 두려움이
성장기 아이처럼 자라나면
입 한가득 햇님을 먹어야지

엉켜버린 관계의 실타래
그 앞에서 한참을 울었다

바람은 바람은
어린 시절처럼 맑기도 하지

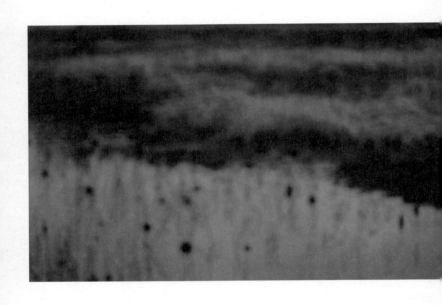

슬픔은 오랜 시간 건조된 땅콩처럼 부서져 내리고

# 뚱뚱한 밤

밤은 뚱뚱하게 살이 쪘어요
언제나 반짝이던 달빛과 별빛마저
밤 살에 파묻혔어요

새하얀 눈이여
어찌 캄캄한 그 위에서 내려와
이 낮은 땅 아래에 제 몸 버려 가득히 누웠나요
눈부신 그 모습으로, 포근한 온도로
초라한 길바닥을 사랑하였나요

녹지 말아요 생애 마지막 페이지 넘기기 전에
힘겹게 깜빡이는 두 눈이 감기기 전에
진솔하게 헹구어낸 하얀 눈이 되어
내 길바닥 영혼 위로 쌓여주세요

# 달구비

달구비 쏟아지는 언덕길을
조용히 걸어오셔서
부르르 떠는 제 손을
꼬옥 붙잡으시다니요

아무 일 없는 듯
힘차게 내리는 저 비가
어찌나 밉던지
가만히 맞고 서 있었어요

눈물 가득 고인 저의 눈을
천천히 바라보시고
진탕 젖은 옷 그대로
꼬온 껴안으시다니요

아무런 대화 없이
그대는 마치 날
오래전부터 알고 있듯
이 모습 그대로 받아들이시듯

달구비 세차게 쏟아지는 밤

# 방문

어둡고 시린 추운 밤
길바닥보다 얼어붙은
내 영혼 울어요 울어요

장미꽃보다도 날카롭고
안개꽃보다도 희미한
누추한 나의 방에
찾아왔어요 그대가

넝마된 나의 오랜 옷이
빛앞에 선명해지고
나에게 그대는
영원히 헤어지지 않을 옷을 선물해요

누구에게도 말 못했던
고통을 토해요
내 영혼 울어요 울어요

바위보다 단단하고
고인물보다 냄새나는
초라한 나의 방에
찾아왔어요 그대가

한없이 엎드러진
어깨 위로 얹은 따뜻한 손

# 언젠가

흑심 품은 밤은
저 깊은 바닷속으로 꺼진 듯해요
자잔한 햇빛을 사랑으로 받은 대지는
본연의 모습을 찾아가요

어둠에도 빛에도
완전한 사랑이 덮고
영원한 계절 되어 머무르면

날카로운 선의 도시는 희미해져가고
낯설은 이 세계와 어둑한 세상도
완전히 잊혀가고

병듦도 굶주림도 가난도 전쟁도
썩은 권력도 부조리함도 멀어져가요

한곳에서 돌고 돌던 경제도
위 아래로 흐를까요
그토록 눈부신 별도
고이면 썩어버리는데

그대는 칼처럼 날카로운 바람을 삼키어
심장마저 긁히고는
부드러운 노래로 만들어 내보내었어요

# 밤하늘 댄스

캄캄한 밤하늘은
제 몸을 뒤흔들어
가슴속 모든 별들을
땅으로 쏟아 떨어뜨렸다
방문자 없는 외진 골목들
거미줄 있는 구석 틈새
더 이상 꺼질 곳 없는 밑바닥
왼쪽 다리를 절뚝이며
멍든 곳을 붙잡았다
옹기종기 모인 많은 사람들이어도
빛은 하나로 충분해
각 동네마다 별빛 하나씩
땅에 심으면 좋겠네
모두 같이 잘 키우면
빛도 여러 개의 열매가 될까
같이 따숩게 겨울을 살려고

# 작은 섬

낮도 밤도 아닌
검푸른 이 시간엔
언제나 그랬듯
깊은 슬픔이 몰려오지만

그때에도
어딘가 작은 섬이 있어
출 수 없었던
너만의 춤을 보여줘
그곳에서

한 줄기 빛이 있다면
맞은편 시린 나무
희미한 겨울 안개 속에도
노랫말 들린다
너를 자유하게 할
단 하나의 선율

허공 속에서
길을 잃는대도 좋으니
까만 후회는
바람 날개를 타고 날아가
해가 다시 떠오르기까지

목 놓아 울던
저 별들 위로 넘어가
그곳에서
두 눈을 밝힐
너의 꿈들을 위해

58 슬픔은 오랜 시간 건조된 땅콩처럼 부서져 내리고

# 너의 눈 속엔 별이 담겨서

너의 눈 속엔 별이 담겨서
꺼지지 않는 빛이 산단다

바람 불어도 비가 내려도
영롱하게도 반짝인단다

모든 것들이 사라진대도
바꿀 수 없는 진실 한 가지

소중하고도 아름다운 시
하나뿐인 별 너라는 무게

간결하고도 아름다운 시
하나뿐인 별 너라는 이름

# 신성한 어둠

반짝이는 별들은
가장 어두운 시간을 통과할 때
선명해지네

회전하는 그림자는
빛의 얼굴들 드러내고
너에게 나에게 밤을 선물하네

아름다운 밤
오 신성한 어둠
아름다운 밤
오 신성한 어둠

# 별, 그대에게

별이여 그대는
참 가까이 있는 듯 없는 듯
제 손 끝에 도무지 닿지 않아요

하늘 님 저 어깨 밑
넓은 가슴 속에서
반짝이는 눈을 깜빡이며
저를 보아요
멀어질 듯이 또는 가까울 듯이
어두울수록 제빛을 내어요

그리워라 그리워라
더 그리워 울어라
한없이 그리다가
또 그리우라구

내게로 오지도 않고
가지도 않고
오늘 밤도 여전히
제 아픔과 눈 맞추네요

별이여 참으로 서글퍼요 그대는

# 어둠에게

촘촘하게 잘 짜여진 어둠 속
비집을 틈 없는 사이로
기어이 머리를 디밀고 마는
기특한 저 빛을 봐
피투성이 굳은살 박힌 온몸으로
노오란 춤을 추며
작게 등을 움츠린 사람들 위로
비춰오르는 날개를 봐
나비야 너는
쓰고도 아린 맛을 알면서도
이곳으로 날아와

배고프고 굶주린 밤에게
꽃가루를 뿌리고 말아
별처럼 반짝이는
짠내 나는 무언을
이리도 따뜻하고도 무모하게
내일도 없이
순하고 여린 날개를
허공에 내어주잖아
복잡한 허무의 뱃살에
사랑이라는 두 글자 참 쉽게도 쓰고
빛을 위한
어둠을 키우고 말잖아

66　슬픔은 오랜 시간 건조된 땅콩처럼 부서져 내리고

# 별 나침반

어둠이 내리면 길을 잃을 거야
그때 모든 소리가 사라지면
눈을 감고 별의 소리를 듣자

그 많은 별들의 속살거림 속에서
한 개의 별 찾기를 배우자
너를 위한 단 한 개의 노래를

푸른색이 이전만큼 밝지 않아도
그때엔 숲 전체를 보게 될 거야
그 별 위에선 아주 멀리
볼 수 있지 볼 수 있어

하늘의 지도를 따라서 걷다가
두 갈래 길이 나온다면
힘든 길을 선택해봐도 좋아

태풍이 몰아치고 험한 것만 같아도
별들은 오랜 진실을 알지
반짝이는 시간들의 비밀을

푸른색이 이전만큼 밝지 않아도
그때엔 숲 전체를 보게 될 거야
그 별 위에선 아주 멀리
볼 수 있지 볼 수 있어

# 보고 싶은 사람에게

보고싶은 사람이여
오늘 밤은 더 더 그리워요
그대는 내 맘을 너무 쉽게 져버렸지만
험한 산을 넘어 전했던 진심임을
하루 해가 지날수록 길어진 사랑임을
몰라준 그대지만
오늘도 여전히 보고싶어
그리워 그리며 그리워
강 위로 불빛은 반짝이고
물에 비친 내 얼굴은 한 사람만 사랑하고
지나간 추억의 향기는 물따라 짙어지고
내 마음은 여전히 그때 그곳에서
따뜻한 그대 품속에서 그때처럼
영원한 사랑을 약속하지만
그대 얼굴은 왠지 슬퍼 보여요
사랑하는 마음은 커져만 가고
그리움은 짙어만 가고
나는 여전히 잊지 못해요
다시 올 사랑도 나에겐 언제나 그대여서

# 하얀 나비

가을 흐릿한 밤
안개는 세상과 하나이며
작은 배는 강을 의지하고
비는 끝없이 강 뒷목을 내리친다

아기 새의 울음 소리는 멈추지 않고
멈춰버린 어미 새의 숨소리는
오래전에 잊혔다

저 강 밑
수줍게 핀 꽃은
오래지 않은 피비린내를 풍기며
아름다운 자태를 뽐내었다

가을 흐릿한 밤
어느새 나타난
눈부시도록 하얀 나비가
안개 속을 비행한다

작은 배에도
아기 새에게도
수줍은 꽃에게도
하얀 나비는 전해주었다

그럼에도 불구하고
안개가 우리의 희망을
결코 희미하게 할 수 없음을

# 새 노래 주시네

나조차 버린 나를
차가운 시선으로 바라보다가
고통이 익숙해진
사랑 없는 이곳
날마다 더해가는 것은
피폐함과 방황과 어두움

커다란 손 나를 들어올려
내가 볼 수 없었던 세상
내 앞에 있네
도무지 느낄 수 없었던 편안함
두려움을 사랑으로 맞바꾸고
눈부신 빛
그 무엇으로도 가릴 수 없으니

새 노래 주시네
두 손을 들어올려
영원한 빛 노래해
커다란 바다 내 온몸을 적시고

모두가 나를 포기해도
나조차 나를 포기해도
끝까지 포기 않는 사랑 있네
영원한 사랑
언젠가 모두 알기를

# 처소

내 유일한 집은
아버지 주님

홀로 남겨진 길
아무도 믿을 이 없고
오직 한 곳 있으니
내 아버지 주님

걸어가는 길 참으로 서러워
숨쉬는 것 마저 힘겨울 때
나 이곳에서 쉬네
편안해 평안해
내 아버지 주님

두려운 이 길
추위 속에 얼어붙은
나를 당신 안으로 들여놓으시고
따뜻한 물 한 잔 건네시는
아버지 주님

갈 곳 없는 이 길
내 눈을 한없이 따뜻하게 바라보시고는
내 모습 그대로 만나주시는
아버지 주님

떨리는 손길
꾹 다문 입술을 따라
떨어지는 눈물
아무 말 없이 꼭 안아주시는
그 품에서 나 안전하리
아버지 주님

이 길에서 나 초대하네
너와 나 우리 모두가
그곳에서 한없이 울고
한없이 웃었으면 좋겠네
고통으로 얼룩진 길
첫 페이지는 넘어가고
영원히 기록되는 사랑
나 그것을 함께 보네

이 세상엔 없으나
이 세상에 반드시 있는 곳

내 유일한 처소
아버지 주님

# 내 님

길 따라 걸어오신 내 님
어두운 내게 오신 내 님
초라한 내 길 오신 내 님
날 만나러 오셨네 내 님
날 만나러 오셨네 내 님

길다란 길을 따라
길고 긴 긴밤을 지나
길에 길에 그래 그래 그 끝에서
길이 길이 길을 따라 걸어와선
결국에는 나를 만나고는
"그대를 만나러 왔소 그대를 많이 사랑하오"

아무도 찾지 않던 내 길
애인도 포기했던 내 길
가시밭길 가득한 내 길
날 만나러 오셨네 내 님
날 만나러 오셨네 내 님

길다란 길을 따라
길고 긴긴밤을 지나
길에 길에 그래 그래 그 끝에서
길이 길이 길을 따라 걸어와선
결국에는 나를 만나고는
"그대를 만나러 왔소 그대를 많이 사랑하오"

캄캄한 길고 긴 밤에
영원히 길게 길게 사랑한다는
그대의 길다란 이야기
내게로 오신 이야기

# 지구 옆 볼따구에서

지금 밖에 들리는 빗소리는
무거운 짐을 어깨에 지고
냄새나는 신발을 신고
저벅저벅 집으로 돌아가는
이름 모를 아저씨 뒷모습 소리

아저씨가 사는 동네의
작고 오막조막한 집들은
오래된 액자처럼
지구 옆 볼따구에
덕지덕지 붙어있다

지금 밖에 들리는 바람 소리는
사랑하는 아내와
오밀조밀 젖내나는 아이들의
깊이 잠들어 있는 모습 보며
아저씨 쉬이 내쉬는 숨소리

언제고 패일지 모르는
한 움큼 된 집 기둥을
꼭 껴안으며 굳은살 배긴
손을 보며 잠드는 소리

# 반딧불이에게

반딧불이야
나는 너처럼 새롭게 이야기하고 싶어
말해왔던 방식도 버리고
익숙해진 습관도 버리고
고요히 다가가 적막한 날개를 흔들며
순하고 연한 그 사람 마음속에
빛으로 반짝이고 싶어

# 결론짓기

사람들이 다가왔다
그들의 동공에 내가 보인다
오늘은 토끼처럼 행동하기로 했다
그들이 얼른 나를 결론지었다
넌 토끼야
난 깡충깡충 뛰어댔다
눈송이 같은 꼬리는 매력이고
한쪽 긴 귀를 접는 건 매너다
사람들이 다가왔다
그들의 동공에 내가 보인다
오늘 뱀처럼 행동하기로 했다
그들이 얼른 나를 결론지었다
넌 뱀이야
난 배로 그 주변을 섭렵하기 시작했다
선홍색 칼 같은 혀를 낼름거리며
간사한 눈빛을 보였다
사람들이 다가왔다
그들의 동공에 내가 보인다
난 오늘 사자처럼 행동하기로 했다
그들이 얼른 나를 결론지었다
넌 사자야
난 이빨을 드러내어 으르렁거렸다
발톱을 세우고
금빛 털을 바람에 맡겼다
내가 말했다

난 토끼요
그들이 얼른 나를 결론지었다
당신은 토끼가 확실하오
내가 말했다
난 뱀이요
그들이 얼른 나를 결론지었다
당신은 뱀인 것이 확실하오 의심치 않소
내가 말했다
난 사자요
그들이 얼른 나를 결론지었다
당신은 사자인 것이 확실하오 내가 모든 것을 걸겠소

# 불확실한 미래에게

너로 인해 불안한 지금의 나처럼
모든 것이 확실해지는 순간이 오면
너는 사라질 테니
너도 꽤나 불안하겠구나

# 평화는

평화는 아름다워
물과 같고 땅과 같아
그녀는 옆집 사람의 이름을 알아
안부를 묻고 먹을 것을 나누고
새 옷도 아끼지 않아
잠든 시간보다 깨어있는 시간이 더 많아
아프고 병들고
늙고 주름이 깊어져가는 사람들을 사랑해
그녀는 바람 같아
바람에 몸을 맡긴 채로 흘러가
골목 구석진 틈 사이로
평화는 가장 캄캄하고 추운 밤
껴안을 것들을 만나
함께 부둥켜안으면 서로의 얼음들이 녹아질 것들
온기를 나눌 것들
평화는 눈물을 잘 알아
숨겨지고 가리워진 눈물일수록
그녀는 가난한 자들의 친구이며
메신저이며
행동

# 봄내음

내 안에 쌓인 습한 슬픔들 위로
어느 빛이 내려와 바짝 말려준다면 좋겠어
아름답고 따뜻한 언어들 품에 몸을 눕혀도
풀리지 않는 이 새벽 색 한들이
밤새도록 목 놓아 운다
그 언젠가 어떤 날에
내 안의 구슬픈 곰팡이들이
빛을 만나 반짝이면 좋겠어
그리하여 먼 훗날
어느 누군가 슬피 울 때면
따뜻한 마음으로
꼭 안아줄 수 있으면 좋겠어
나를 살린 그 빛처럼

# 3

## 싹 틔움

넌 숨 한번 내쉴 때마다 눈이 부셔
허파에 빛이 잔뜩 차 들어있어서 그런가
결국 반짝거리는 초록 잎 움트고 말잖아
우리는 서로의 사랑 선생님

# 플룻의 계절

넌 언제나 울 준비가 되어 있어서
기회만 생기면 플룻처럼 온몸을 떨며 말을 건넸다
사랑의 계절이 오고야 말았을 때
온몸의 긴장을 벗고
펑펑 울었다 너는
무방비한 어린아이처럼
내 앞에서 오래 묵힌 한을 풀었다
그래, 그 두 글자는 힘이 있다
사랑이라는 이름은
세상이 평생토록 무너뜨린
한 사람의 집을 한순간에 세운다
인정하고 싶지 않은 사랑의 힘을
오늘을 쓴다

# 비가 내렸으면 좋겠습니다

비가 내렸으면 좋겠습니다
흙먼지만이 풀풀 날리는 알땅 위에도
크게 자라지 못하고 움츠려온 어린 소나무에게도
이름 없이 흔한 싸라기 별들에게도
내가 비가 되어 내렸으면 좋겠습니다
축복을 가득 안고 내리는 보슬비처럼
아무 바람 없이, 소리도 없이 조용히
빗발이 땅을 두드리듯이
그렇게, 그들의 마음을 두드렸으면 참 좋겠습니다

90   슬픔은 오랜 시간 건조된 땅콩처럼 부서져 내리고

# 빨간 꽃

빨간 꽃이 비를 맞으면
더 짙어질까

피 끓는 군중 속의
고통스럽고 단단한
침묵을 알게 될까

화려하고 넓은 길을 등돌린 채
아픔의 노래 위를 길 삼아
천천히 걸어갈까

흐트러짐 속에
다름을 비웃지 않고
엉망진창인 그 모습을 사랑할까

점점 깊어지는 주름 앞에
세월마저 숨 막히는
생명, 그 모습을 볼 수 있을까

지금 내 앞에 있는 한 사람
그 사람부터 볼 수 있을까

썩어만 가는 뿌리 위에
비여 - 그대답게 내려주오

# 파란색 대문

파란색 대문 그 앞에 서서
때 묻은 신발을 신고 주춤거렸어
이 문을 열고 나갈 수 있을까
하늘은 참으로 맑기도 하지

바람을 타고 날아든 봄은
용기를 선물해 주기도 했어
차가운 내 손을 잡아줄 듯이
따뜻하게 녹여줄 듯이

제자리 걸음으로 총총총 걷다가
바닥 틈에 핀 샛노란 민들레
보고 말았지 고개든 작은 생명
머리 위로 지나가는 하얀색 구름

헝클어진 내 머리카락과
뜯겨진 내 옷 매무새
나 이대로 괜찮은 걸까
태양은 참으로 밝기도 하지

꿈속에서도 울었어
밥그릇에 밥을 꾹꾹 눌러 담듯이
항상 혼자서 슬픔을 묶었었는데
오늘은 사람들 속에서 울었어

제자리 걸음으로 총총총 걷다가 뛰다가
바닥 틈에 핀 샛노란 민들레
보고 말았지 고개든 작은 생명
머리 위로 지나가는 하얀색 구름
이 문을 열고서 나가고 싶어
이 문을 열고서 나가고 싶어

세상 밖으로 문턱 너머로
세상 밖으로 문턱 너머로

# 무례

딱딱히 굳은 땅을
연한 살갗의 뿌리로
죽을 힘을 다해 드밀고 내려
거센 바람, 그 굵은 빗줄기를 맞으며
기어히 싹을 틔우고 자라서
처음 만끽하는 봄을 맞으며
평생을 꿈꾸며 바라온
샛노란 나비와의 만남을 앞두고
찬란한 웃음을 띄우고 있는
그 꽃 한 송이를 아무렇지도 않게 꺾어라

# 바다꽃

어슬렁거리는 달빛이 미워
지쳐있는 뱃사공 어깨 위로 비춰오네

물결은 무섭게 파도치고
캄캄한 하늘 위로 정적 흐르네

어디로 가야 하나
어디로 가야 하나

시들어버린 구름 한 조각
쉰내 풀풀 날리며

머리 맡에 유유히 떠있네
희미하게 빛나는
꺼질 듯한 먼 등대여

바다에 하얀 꽃 한 송이
활짝 피어오르네

# 산에게

산아
너는 참 하늘과 가까이서
비와 눈과 바람을
그대로 받고
고스란히 담아내는구나

그래서 산아
너는
겨울나무의 벌거벗은 초라함을
두 팔 벌려 안아주려나

산아
너는 아무도 듣지 않는
재잘대는 개울의 소리를
소중히 경청하려냐

산아
너는 여러 생명들을 품었구나
진정, 등판 아닌 마음에 담으니
네게 피운 붉은 장미만큼이나
이름 없는 들풀은 화려하다

그래, 산아
굳어진 흙은 여린 뿌리가 상할 수 있고
힘없는 흙은 내려진 뿌리가 뽑힐 수 있으니

어찌하려냐

산아 그래서
너는 몸이 곁에 평지보다
높이 솟았대도
마음은 한결같은 땅이어라

# 친구들에게

나는 이곳에
가만히 누워
단 몇 개의 계절들을
떠올려본다
며칠 동안은
밀폐를 떠밀고
오랜만에 찾아온
밤 속을 걸어야 했지만
고마운 이름들
하나씩 나부껴
내 마음에 자리를 핀다
한 알 두 알 세 알 네 알
서툰 내 입술에
다정하기도 하지
착하게도 예쁘게도
뭉툭한 진심을
갖다 댄다
어떤 슬픔은
깊은 나래로 몸져
오래된 뜰목 괜시리 한 바퀴 돈다
아픈 날
한 날 두 날 세 날 네 날
찾아온 너희들
환한 미소로 내 몸을
뚫고 들어온다

나는 이곳에 가만히 누워
어떤 날들을 잊는다
흉터,
그렇게 아물고

# 샬롬

괴로움으로 시든 꽃과
넘어진 사람들 위에
잔잔한 샬롬
평화가 임하니
하나님은 사랑이라

# 겨울 기도

오밀조밀한 몸 채로 꽉 붙어 지겹게도
서로를 비추고 보살피고
바다를 쬐이고
빛을 묻히고
나른히 흐르네
고향의 길
고양이가 흥얼거리는 멜로디
추운 곳 적은 겨울이 오려나
모든 것이 무너져 내린 사람들에게
가장 빠른 봄이 오게 해주세요

# 4

## 주렁주렁

칸칸한 어젯밤의 새파란 눈물들이
시간을 만나 샛노랗게 익으면
그리 멀지 않은 하늘 위로
따뜻한 태양이 동그랗게 떠오르지

# 주홍색 열매 씨

새하이얀 목련 꽃 핀
그 좁다란 사잇길 걷는다

누가 말해준 적 없는
인적 드문 이 길로

가까이 닿네 마을의 집들
사실 이 옷은 바람이 지어주었어

신발은 저 뒤편 어딘가 벗어 두고
이상하지 몸 어디선가 빛이나

사람 한 명 두 명 껴안을수록
그 짠내 눈물 한 점 묻힐수록

빛이 새어나 내 흙 묻은 발
무슨 사랑이라도 하나 봐 우리
주홍색 열매 씨를 맺는 거 보면

# 사과나무

시퍼런 칼을 베어 문 바람이
뿌리째 잡고 뒤 흔든다 해도
그저 사계절을 견디며
아름답게 피워낸 꽃들이
바닥에 시체 되어 누웠을 뿐이다

얼음만큼이나 무거운 빗말이
사과나무의 마른 가지마다
짓눌러 꺾인다 해도
그저 푸르게 피어낸
나뭇잎이 뜯겨져
지나가는 행인들의 발 끝에 짓밟힐 뿐이다

씨앗에서 장성한 나무로 자라나
굵은 몸통과 강인한 생명력으로
결국 맺혀버린 그 붉은 열매들을
이름 모를 손들이 모조리 따간다고 해도
나무는 나무임이 나무 되지 않음이 아니다

슬픔은 오랜 시간 건조된 땅콩처럼 부서져 내리고

# 선물

그때 그 바람이
스치고

그때
그 바람이
힘없이 고개를 떨군
꽃머리를 스치고

마지막 남은 힘으로
뿌리내린
이름 없는 풀을 뒤흔든다

영원한 사랑으로
손을 뻗기에
생명은 여기에서 태어난다
화려한 선물을 받는다

그때 그 바람이
모든 것을 스치고

이름 없이 흔해버린 소중함이
글자처럼 선명해진다

# 복사꽃 수레 마을

어느 햇살 좋은 날
바람마저 웃던 날
나는 책을 읽었지
집 앞 테라스에 앉아서

저기 저 멀리서
영자 아주머니 걸어오시네
바람이 모셔 온
전설의 영자 아주머니

우리는 둘이서
커피를 나누어 마셨지
책보다 재밌어
영자 아주머니 시금치 이야기

세상에 난 시금치가
이렇게 아름다운지 몰랐어
우주를 간직한 초록색 별
아주머니 사랑이 키워낸 어여쁜 보석

다시 바람이 불었고
영자 아주머니 집에 가셨어
흙에 발을 끌며
리드미컬한 걸음으로

우리 마을 사는
농부 영자 아주머니의 이야기
책보다 재밌는
무언가 알고 있는 사람 이야기

112  슬픔은 오랜 시간 건조된 땅콩처럼 부서져 내리고

# 영표의 카메라

그 풍경을 바라 봤을 때
푸른 바다와 갈색 모래들 속에서
다양한 피부색을 가진
사람들이 서로를 사랑하고 있었네

아이들의 뽀얀 웃음과
큰 공을 옮기던 노동자의 온몸에서
강하고 눈부신 빛이, 빛이
샛노랗게 퍼져 나오고 있었네

# 황금빛 들판

황금빛 들판 위로 우리는 누웠지
자유로웠지 평화로웠지
태양은 달직하고 바람은 따스하지
사랑을 말했지 사랑을 나눴지

오호라 오라 황금빛 들판
이곳은 울며 웃으며 춤을 추는 곳
오호라 오라 황금빛 들판
서로의 마음을 외면치 않네

황금빛 들판 위로 우리는 뒹굴었지
웃음 돋았지 아름다웠지
서로를 겨누웠던 날카로운 시선은
들판 아래로 감춰버렸지

오호라 오라 황금빛 들판
이곳은 편견 없고 비방 없는 곳
오호라 오라 황금빛 들판
서로의 노래를 귀 막지 않네

태양이 죽으면 밤이 오지만
우리의 노래는 끝나지 않아
이곳의 우리는 자유로운 새
하나 되는 숲

닐리리 닐리리리 리리리리
닐리리 닐리리리 리리리리

오호라 오라 황금빛 들판
이곳은 울며 웃으며 춤을 추는 곳
오호라 오라 황금빛 들판
서로의 마음을 외면치 않네

# 걸어가

지금 너의 길이
방황하는 아이 같대도
빛은 여전히
너를 인도할 거야
새로운 내일로

어둠의 숲에서 헤매일 때면
꿈의 조각들을 잃지 말고
작은 희망도 잊지 말고
뜨거워지는 심장을 따라가

차디찬 계절 속 혼자일 때면
가슴속 숨겨온 너만의 비밀
영롱한 색 작은 씨앗들
고독한 손 펼쳐 흩뿌려지네

쉽게 취한 영광은
유행처럼 빨리 식어버리지
타오르는 너의 고민
반짝이는 너의 사색

넘을 수 없는 그 벽 앞에서

너 걸어가 걸어가
새로운 내일로

# 우리들의 가을

아침이 밝은 가을 날
푸르른 하늘은 높고
산들산들 꽃줄기
햇살은 참 따스해

사무치게 맑은 날
저 멀리서 날아온 향기가
우리들 마음 곁을 채우네
위로 가득한 풀벌레 울음소리

참새는 안락한 집을 짓고
땅은 평화로운 시간
고즈넉한 황금빛 들판 위로
풍요로운 계절이 왔네
우리 곁으로 우리 곁으로

오, 우리는 희망을 노래해
그래, 우리는 희망을 노래하기로 선택해
오, 우리는 희망을 노래해
그래, 희망을 노래하길 선택해

더불어 사는 세상은
굳어진 나뭇잎을 춤추게 하고
자유로운 강아지풀
바람은 참 다정해

나누어 먹을 곡식도 무르익었고
외로운 나무들은 더불어 숲이 되네
강물 아래 잠들었던 물고기들 깨어나는
아름다운 계절이 왔네
우리 곁으로 우리 곁으로

오, 우리는 희망을 노래해
그래, 우리는 희망을 노래하기로 선택해
오, 우리는 희망을 노래해
그래, 희망을 노래하길 선택해

# 5

## 낙화생

우리의 간절한 기도들이 바닥에 내팽겨치지 않고
하늘의 바람이 될 때
곳곳에 숨겨진 사랑의 마음들이
온몸의 형태로 드러날 때
눈부시게 눈부시게 너는
죽음 너머 다시 살아와서
바람으로 별빛으로 나를 꼭 안아줄래
밤이 오면 세상의 모든 별들이 맨몸으로 춤을 추듯
은하수로 새해안 천을 두르고 너를 맞이할게 가장 낮은 곳으로
하강의 선율 길. 그렇게 다시 태어나고

# 나뭇잎의 걸음

나뭇잎이 제법 새초롬히 하행한다
표정은 무르익었고 마음은 한껏 서툴다
포슬포슬 보슬비가 내리고
흙 위에서 올라오는 갈색 비린내가
나뭇잎의 작고 도톰한 신발이 된다
발이 생긴 나뭇잎은
오늘의 계절에도
새롭게 태어나 걸어간다

# 하행선

떨어질 때
공을 먼저 떨굴 시간이 없었다
내 몸뚱이가 재빠르게

내려갈 때
손 내밀 여유가 없었다
밤으로 하락할 때
끝없는 세상의 저편으로
멀어질 때
나는 허공에서 내려와
춤을 출 때라는 것을 알까

발바닥이
이 흙의 몸뚱이에 바짝 붙어서
찬기운과 더운 기운이 뒤엉켜
영영 풀지 못할 실타래가 되도록
모든 박자가 하나 된 몸짓으로
기어코 떨어질 때

# 만남

푸른 별
내려오는 밤
올라가는 아침들
부서져 섞이는 멜로디
우리는 그렇게 또다시 만났지

# 춤

살아있는 푸른 잎사귀 하나
떨어진다
아래로 더 아래로
떨어지고 부딪히며
주변에 물드는 색
물감은 서로의 몸을 부딪혀 바르고
그러다 어느 날
하나의 색이 된 날에는
처음부터 우리였나
하나였나
둘이였나
알 수가 없다

# 훨훨

어느 날 우연히 마주친
작은 돌멩이들이 노래를 부른다

어릴 적 슬펐던 밤들과
춤들 추던 시간들이
바람이 되어
자유롭게 훨
날아가

따뜻하게 훨 날아가
하늘로 오르고
땅으로 내려와 부딪혀
또다시 하늘로 오르고

가장 낮게 몸을 굽혀
오늘의 나를 껴안아준다
이 노래로 자유롭게
날아가

훨훨

# 까친마을에서

이 좁다란 오솔길 따라 걷다보면
무엇이 나올까
김이 모락모락 피어오르는
다정한 마을과 배부른 갈색 말들은
여행이 끝날 때까지 나올 수 없을지 모른대도
그 아이들의 이름은 알아야 한다
무심한 세상은 기다린다고 했다
깎아도 깎일 수 없는 수염을
손 끝으로 억눌린 뚜껑을 열어 벗기는 순간을
그 노인은 에헴, 가래 낀 목을 가다듬으며
길다란 소매 속으로 피 묻은 손을 감추었다
허나, 나무숲 사이로 보이는
저 파란 하늘은 자신 속으로 기름진 구름들을
가만히 놔둔 적이 없다고 했다
땅 밑으로 비에 기름을 실어서라도
내려버린다고 했다
이대로 걷다보면 선명해지려나
그 늙은 아이들의 눈을 마주보려나
나는 기름 섞인 비를 맞으며 걷는다

# 나그네

나그네 무언가를 그리워하는 노래
나 걸어가네 이곳에 편히 머물 곳 없어도
나와 함께 걸어줄 이 없어도 걸어가는
나의 길 각 다른 집들의 맛을 음미하듯 묶으네
나른한 몸 등 그 위에 업혀있는 가방은 가볍게
나지막하게 부르네 그 노래 본향을 그리네
나 가질수록 불행해진다는 것을 알아버리네
나그네의 눈빛 고독한 삶 그 속의 향유

# 사심

어떤 축복받은 날 여러 언어들이 흩어져서 날리면 선택적으로 단 한 개만을 집어 내 마음에 들일 때가 있다 운명처럼 만나지는 관계처럼 물에 스미듯 너를 내 마음에 들였듯이 삶에서 가장 아름답다고 느끼는 그것은 다행이도 입체적이며 가끔은 허공 중에서도 생생히 만져진다 강렬한 색채이기도 하고 부드러운 파스텔이기도 하다 가벼움과 무거움처럼 비움과 채움처럼 네가 나를 바라볼 때 나는 너의 눈빛 안에서 단 하나의 공간을 느끼고 그것은 곧 언어가 된다 사심으로는 가장 가까이에서 너와 하나가 되고 싶어 이 세상 그 무엇보다 나의 가장 불안한 방을 열어 빛이 되어준 단 한 개의 언어에게 흐릿했던 눈을 감는다 오늘의 풍경이 눈을 감을 때에야 비로소 완성되는 한 개의 그림처럼

# 머리 감기 놀이

저 멀리서 겨울이 다가온다 나무들은 입고 있던 이파리 옷들을 거침없이 벗어던지고는 땅 밑 옷장 속에 쥐어박는다 나랑은 정반대다 나는 추워지면 털옷들을 옷장에서 주섬주섬 꺼내 입는데 말이다 자연은 본격적인 추위에 대비하여 사냥 태세에 돌입한다 그 엄청난 기세가 부러울 정도다 겨울나무들은 내가 일곱 살 때 살던 동네 친구랑 닮았다 미안하게도 이름이 기억이 안 난다 다만 빨간색 구슬 고무줄로 까만 머리카락을 꽉 쫑매는 바람에 눈꼬리가 성난 족제비처럼 위로 치켜져 있었던 것만 기억난다 난 그 친구가 좋았다 걸음걸이가 야생스럽기 때문이었다 그 친구랑 나는 머리를 감을 때마다 서로에게 자랑하는 게임을 했다 그 놀이는 꽤 오래동안 지속되었는데 머리를 감은 날엔 서로의 집 대문 앞에서 머리를 감았다고 고래고래 외치고 자신의 집으로 돌아가면 되는 방식이었다 아주 심플하고 담백한 게임이었다 우리는 웃기게도 다른 대화나 놀이 없이 오직 그렇게만 소통하고 놀았다 그 친구는 목청이 컸다 나무들이 겨울을 맞이하는 태도처럼 말이다 아주 장군감이었다 나는 그 친구가 머리를 감았다고 우렁차게 외치고 가면 그다음 날 아침까지 벼루다가 머리를 떳떳하게 감고 가서 더 우렁차게 외쳤다 그러다 보니 서로의 목소리 데시벨이 점점 더 커져서 더 이상은 그 누구도 더 커질 수 없게 됐다 아마 그때보다 더 크게 외치려면 확성기나 앰프를 만땅으로 올려 폭팔 직전으로 연결한 마이크가 필요했을 것이다 그 게임은 그렇게 갑자기 끝이 났다 둘 다 목이 너무 아팠기 때문이다 대체 마을 사람들은 무슨 잘못이었을까… 그때 그 친구는 잘 지내고 있을까…

# 고백

부푼 꿈 안고 바라보던
눈부신 별 하나
어느 날 밤에 사라진대도

만개했던 아름다움 지고
시들어버린 모습
초라히 떨어지는 꽃잎이래도

뒤에서 묵묵히 들리는
나를 유일하게 아는 그 목소리
익숙한 숨소리

사랑한다
사랑한다
사랑한다

# 강순 씨

신기하지
그녀가 찍는 하늘 사진은
구도도, 느낌도, 색감도
남들과는 달라

그녀가 걷는 모양은
다를 바 없는 걸음이지만
머물렀던 뒷자리들은 좀 달라
특별해

마을 사람들은 그녀를 좋아해
투박한 손길에 느껴지는
따뜻함이 얼어붙은 겨울을 녹이고

그녀 안에는 뭐가 있을까
알쏭달쏭해
그녀 안에는 뭐가 있을까
알쏭달쏭해

강순 씨가 화단에 꽃을 심으면
그 꽃은 지지 않을 것 같아
왠지 영원할 것만 같아

# 콘트라베이스

갑자기 눈이 내렸다 잔뜩 내린 눈은 하얗고 따뜻하다 말이 적은 너의 주머니 속 몇 개의 말을 가져다가 나열해 놓고 싶다 그럼 오늘의 문장이 될까 간결하지만 무게를 갖춘 너를 닮은 한 문장처럼 그것은 저음 악기의 나긋한 걸음처럼 바람 섞인 말 복사꽃 수레마을은 늘 그렇듯 나를 한참 부끄럽게 한다 이렇게 자연은 계절을 숨기지 않고 거짓말도 않고 고스란히 표현한다 우리는 그런 풍경을 통해 쓸쓸함도 읽고 그리움도 읽고 사랑, 사랑 같은 것도 읽는다 나는 풍경이랑 재밌는 놀이를 한다 나는 숨기고 풍경은 드러내고 우리는 옛부터 늘 여러 진리들을 이제서야 발견한다 이렇게 세상은 이미, 온통 완성되었지만 우리 인간들에겐 마음이라는 것이 있어서 과정이 되기도 하고 의미가 바뀌기도 하고 새롭게 태어나기도 한다 같은 지식도, 같은 단어도, 같은 현상도 누구나의 마음을 거치면 정말이지 처음의 것이 된다 정말 나는 그렇게 믿는다 그것은 너무나 경이롭고 소중한 일이다 이 글의 끝에 와서야 드디어 나는 이렇게 드러낸다 네가 볼 눈들은 좀 더 따스하고 포근하면 좋겠어 봄이 오면 너와 첫 왈츠를 출 거야

# 악보 위에서

도형들이 떠다닐 때 주황색 깃털을 달고 아주 섬세한 털결, 그 사이 마저 보일 때 하늘을 향해 그것들이 비상한다 속성을 감출 두꺼운 천이 나의 모든 유형체를 덮고 떠오를 준비를 할 때 직사각형 도형 이 발판이 된다 삼각형의 세 꼭지점은 머리 하나와 두 발바닥에 놓 인다 노란색 꽃잎은 겉 테두리가 연두색으로 작은 체크 무늬 라인이 붙는다 포슬거리는 머릿결은 초콜렛 밀크 브라운 색 그것이 가장 가 볍게 먼저 떠오른다 도형들은 서로의 연결을 믿는다 완전체처럼 뒤 틀림도 계획처럼 소리가 체계적으로 숫자들의 말을 듣고 그것에 의 해 줄을 선다면 답답함이다 소리의 얼굴들이 숫자의 의함보다 본능 적일 때 난 좀 더 인간적으로 본다 귀엽고 오밀한 까만색 콧망울, 이 재질이 스펀지처럼 변해가는 종이 위에 나는 잉크로 찍는다 도형과 소리와 색은 무엇으로 무엇부터 무엇을 위해가 아니었다 그저 나이 며 너이며 서로였다 서로를 통해 서로를 보고 서로에게 영향을 준다 그것은 세계의 꼭지점을 잇는다 단면으로부터 양면 양면으로부터 입체까지 그리고 감추기 위해 단면이 되기도 한다 악보는 재밌고 위 험한 곳이다 마치 비밀 기지처럼

# 이 길은 원래 차가운 생미역이야

나는 아주 잘 미끄러졌지 괜찮아 이 길은 원래 차가운 생미역이야 넘어진 곳에선 선홍색 피가 흘렀지 괜찮아 이건 새콤한 초장이야 인생은 산 넘어 산이라는데 나는 작은 돌멩이 하나에도 끙끙거린다 눈물이 와도 비를 내리지 않았어 서글픈 소리 물방울 터지는 소리 쥐어 터지는 소리 마음이 조금 새었다 부딪히는 것은 나와 나 조금만 사랑하고 싶어 오밀조밀한 이 삶을, 입술 사이로 탄성이 터져나오고야 마는 세상의 눈부신 색깔들을 기억해 얼마나 예쁜지 귀여운지 금세 바꾸는 계절의 표정들을 생각해 얼굴 위로 드러나는 안색들 이제는 겨울이야! 새하얀 눈이 나리고, 하얗게 부서질 줄 아는 섬세한 솜들 잘하고 있어 잘 미끄러졌어 원래 이 길은 미끄러지는 만큼 스케이팅 하는 거야 왈츠를 듣는다 눈을 두 배로 깜빡꺼리는 리듬들 조금은 앞으로 더 왔어 새로운 멜로디

142   슬픔은 오랜 시간 건조된 땅콩처럼 부서져 내리고

# 나는 푸른색이 좋아

나는 푸른색이 좋아
가깝기도 하고 멀기도 한
그 오묘함이란
알 껍질 속에 숨은 비밀 같아

똑같은 계절 속 바람이
어느 날은 푸르고
차가운 분홍빛 매화가
어느 날은 푸르고
그대 영혼의 냄새처럼
누군가의 장난처럼
대지 위의 생명처럼
푸른 것들로 피어나면

나는 참 좋더라
그게 참 좋더라
나는 참 좋더라
그게 참 좋더라

어느 작은 한순간이더라
푸른색을 만난다는 건

# 태어나 처음 말을 배울 때

태어나 처음 말을 배울 때
나는 그 힘을 몰라서
사탕을 손에 꼭 쥐듯이
언어를 움켜잡았던 거야

힘을 빼는 법을 배우기까지
아득히 먼 길이었어
늘 어려운 숙제처럼
헤매던 시간들이 떠올라

내게 쓰인 말들은
추하기도 하고
아름답기도 했지만
결국 인생을 통해 내가 배우고 싶던
바로 그 말은

사랑한다는 말 사랑이라는 말
사랑한다는 말 사랑이라는 말
그 말이라네

힘을 빼야 할 수 있는 말
욕심 없이 할 수 있는 말
그때 가장 힘 있는 말이라네

사랑한다는 말 사랑이라는 말
사랑한다는 말 사랑이라는 말
그 말이라네

# 거미줄을 보며

어느 모를 거미의 고뇌와 명랑함으로 엮인 줄
빛은 찰나 그 줄을 반짝이게 비추었고
하늘을 날아오르던 새들은
은색 실줄 위
제 목소리들로 음표들로 채워주었다
그렇게 다 같이 완성한 예쁜 거미줄

# 낙화생

캄캄한 흙을 먹을수록
이상하지
눈물이 나
왜 이렇게 고맙고 따뜻한지
울 때마다
콩이 자라나 맺혀
주렁주렁 잎이 나

슬픔은 강을 이루고
언젠가 해가 비추는 날
눈부시게 반짝이는 빛줄기가 되네
희안하지
밤을 먹을수록
아침을 뱉어
부서져 내리는 어둠의 역사들
사랑스러운 어제들

프로필 사진 © **강민구**